AF346465

CASSANDRE OCULISTE;

OU

L'OCULISTE

DUPE DE SON ART,

COMÉDIE - PARADE,

En un Acte & en Vaudevilles :

Représentée pour la premiere fois par les Comédiens Italiens ordinaires du Roi, le 30 Mai 1780.

A PARIS,

Chez VENTE, Libraire des Menus Plaisirs du 'Roi, au bas de la Montagne Sainte-Geneviéve, proche les Carmes.

M. DCC. LXXX.

Avec Approbation & Permission.

PERSONNAGES.

CASSANDRE, Oculiste.   *M. Rosiere.*

LÉANDRE, Eleve de
Caſſandre.   *M. Michu.*

PIERROT, Valet de
l'Oculiſte.   *M. Trial.*

ISABELLE, Aveugle.   *Mlle Leſcot.*

COLOMBINE, Fiancée   *Mlle Colombe*
à Caſſandre.   *la jeune.*

UN PAYSAN.   *M. Narbonne.*

UNE PAYSANNE.   *Mlle Fayel*
   la jeune.

Troupe de Curieux.

*La Scène eſt à Chaillot, dans l'appartement
d'Iſabelle.*

CASSANDRE
OCULISTE;
OU
L'OCULISTE
DUPE DE SON ART,
COMÉDIE-PARADE.

SCENE PREMIERE.

LÉANDRE & PIERROT.

PIERROT.

Air : *Quand un Tendron vient dans ces lieux.*

Monsieur, Caſſandre vous attend
Avec impatience.
LÉANDRE.
Auſſi pour le ſervir, vraiment,
Ai-je fait diligence.

A

Chacun fait que c'eft à Chaillot
Qu'il doit fe fignaler tantôt,
Pierrot.

PIERROT.

Oh, oh, oh! Ah, ah, ah!
Tout Paris fans doute y viendra.

AIR : *Pour un maudit péché.*

A qui n'a jamais vu,
Procurer la lumiere,

LÉANDRE.

Eft pour toute la terre
Un miracle imprévu.

PIERROT.

J'aurois dans le Mercure,
A nos Bourgeois ravis,
Donné de cette cure,
Avis.

LÉANDRE.

AIR : *V'la ce que c'eft que d'aller au bois.*

J'ai fait imprimer des billets,
Que des gens apoftés exprès,
Sur les quais,
Donnent par paquets
A tous ceux qui paffent,
Et qui les remplacent.

PIERROT.

Ces papiers-là, Monfieur, fouvent,
Autant en emporte le vent.

LÉANDRE.

AIR : *De la Pofte de Paris.*

L'Europe entiere le faura ;
Car fon Courier en parlera :

(3)

Il en fera fait mention
Et dans le Journal de Bouillon,
Et, pour y mettre plus de prix,
Dans les Affiches de Paris.

PIERROT.

Air : *Je suis sur le pont d'Avignon.*

Et la Gazette d'Avignon ?

LÉANDRE.

Air : *Maris, qui voulez fuir l'affront.*

Bon !
Chacun fait que dans ces lieux,
Par une adreffe nouvelle,
Caffandre doit ouvrir les yeux
De la charmante Ifabelle.

PIERROT.

Je voudrois, quant à moi,

LÉANDRE.

Quoi ?

PIERROT.

Je voudrois, dis-je,
Que chaque Quinze-Vingt
Vînt
Voir ce prodige.

Air : *Magdelon, qu'avez-vous donc ?*

Mais d'où vous vient en ce moment
Cet accès de trifteffe foudaine ?
Seriez-vous donc, en le prônant,
Jaloux de fa gloire prochaine ?

LÉANDRE.

Ah, Ah !
Ce n'eft pas cela,
Qui caufe ma peine.

A i r : *Je n'ai pas d'autre bien que ma vielle.*

Caſſandre , hélas ! à ce qu'on répand ,
Avec Colombine a fait treve.....

PIERROT.

Oui , c'eſt Iſabelle qu'il prend.

LÉANDRE.

Ah ! la certitude m'acheve.
   Par un charme fatal ,
Non content d'être ſon éleve ,
   Je ſuis ſon rival.

A i r : *O ma tendre Muſette !*

Quand je vis cette Belle ,
(Qui ne me voyoit pas)
A l'inſu même d'elle ,
Etaler tant d'appas ;
Mon cœur à ſe contraindre ,
Loin de s'accoutumer ,
Commença par la plaindre ,
Et finit par l'aimer.

PIERROT.

A i r : *Servantes , quittez vos paniers.*

Morbleu ! que ne l'avez-vous dit ?
   Vous fûtes trop modeſte ,
Et ce délai, ſans contredit,
   Va vous être funeſte.
Au ſurplus, un moment ſuffit ;
Le tems eſt court, mais il s'agit
Que vous mettiez vîte à profit
   Le peu qui vous en reſte.

LÉANDRE.

A i r : *L'amitié ſeule me ſéduit.*

Ne crois pas qu'à la courtiſer,
Jamais mon cœur ſe détermine.

PIERROT.

Mon Maître devoit époufer
L'incomparable Colombine.

L É A N D R E, *avec emphafe.*

Il n'importe, Pierrot,
Et je mourrai plutôt
Que de manquer à l'amitié fi tendre
Qui me lie à Monfieur Caffandre.

PIERROT.

A I R : *Sous le nom de l'amitie.*

Sous le nom de l'amitié,
Fauffe délicateffe !
Soufflez-lui fa maitreffe ;
Ah ! fi c'étoit fa moitié,
Vous tâcheriez fans ceffé
D'en tirer aîle ou pié,
Sous le nom de l'amitié.

L É A N D R E.

A I R : *De Monfieur Jérôme.*

Ne fais pas le mauvais plaifant ;
Où Caffandre eft-il à préfent?

PIERROT.

Près d'elle il fait le complaifant.

L É A N D R E.

Je vais auffi m'y rendre....

PIERROT.

Arrêtez
Et redoutez
De trop les furprendre.

LÉANDRE.

AIR: *Jardinier, ne vois-tu pas?*

En ce cas, vas m'annoncer,
Et pour te faire entendre....

PIERROT.

J'aurai grand foin de touffer,
En criant avant d'entrer :
Léandre, Léandre, Léandre.

SCENE II.

LÉANDRE, *feul.*

AIR: *De nos moutons le nombre augmente.*

Pauvre Léandre ! quel martyre,
D'aimer, & de n'ofer le dire ?
Caffandre, après tout, me nourrit,
Me loge, m'habille & m'inftruit.
Envers lui je ferois parjure,
Si je cherchois les moyens d'être heureux.
Ah ! tendre amour, amitié pure,
Ne fauroit-on vous accorder tous deux ?   *bis.*

AIR: *Dans de vaftes appartemens.*

Mais pourquoi m'allarmer ainfi ?
Suppofez qu'Ifabelle ici
    Vivement l'intéreffe ;
A cet objet rempli d'appas,
Peut-être encor n'aura-t-il pas
    Découvert fa foibleffe.

SCENE III.

CASSANDRE & LÉANDRE.

CASSANDRE.

AIR : *Du Vaudeville du Sorcier.*

AMI, de ma prochaine gloire,
Viens aujourd'hui prendre ta part,
Et fois témoin de la victoire
Que la nature cede à l'art.
Pour mettre à fin mon entreprife,
Ce foir, dans un cercle éclatant,
Je fais tant, tant,
Que tout le monde avec furprife,
Autour de moi va s'écrier :
C'eft un forcier !   *bis.*

LÉANDRE.

AIR : *O gué lan la, lan laire.*

Oui, dans ces circonftances,
Ne doutez pas,
Qu'ici vos connoiffances
Portent leurs pas ;
Les femmes, les femmes fur-tout,
Qui, depuis un tems, pour briller en tout,
Ont, aux expériences,
Su prendre goût.

AIR : *Du Vaudeville du Tableau parlant.*

Mais qui s'en réjouit ?
C'eft votre Colombine . . . .
Ce fuccès l'éblouit,
Elle en jouit.

CASSANDRE, *à part.*

Ce qu'il dit m'affaffine.

LÉANDRE.

Cette Beauté divine
Compte, à votre retour,
Sur votre amour.

CASSANDRE.

AIR : *De la Confeffion.*

Oh par la corbleu !
Parlons du point qui nous raffemble ;
L'amour n'eft qu'un jeu,
Quand pour la gloire on eft en feu.

LÉANDRE.

Mais, Monfieur, vous étiez, ce me femble,
Fiancés enfemble.

CASSANDRE.

Oh par la corbleu ! &c.

LÉANDRE.

AIR : *Reçois dans ton galetas.*

Dans un tel emportement,
J'entrevois quelque myftere ;
Parlez-moi fincérement.

CASSANDRE.

Avec toi je ne puis me taire ;
Je t'avoûrai bonnement,
Que j'ai violé mon ferment.　　　　*bis.*

LÉANDRE, *à part.*

AIR : *Toujours feule, difoit Nina.*

Enfin, m'en voilà donc certain !
(*à Caffandre.*)
Vous, Caffandre, infidele !

CASSANDRE.

Que veux-tu ? c'étoit mon deſtin
    D'adorer Iſabelle.
Léandre, il eſt vrai qu'autrefois,
Sur moi Colombine eut des droits ;
Mais Iſabelle me parla,
Et pour jamais la voilà
      Là.

    (Il porte la main ſur ſon cœur.)

  A i r : *On compteroit les diamans.*

Non, jamais la nature au jour
Ne mit un plus charmant ouvrage ;
Elle a la taille faite au tour,
Elle a la fraîcheur du bel âge.
S'il pouvoit loger un œil noir
Sous ſa paupiere à demi-cloſe !...
Mais, attendons juſqu'à ce ſoir
Avant d'en dire quelque choſe.

Après tout, mon cher, ſur ce point,
Si je ſuis contraint au ſilence,
La pauvre Iſabelle n'a point
A rougir de ma réticence.
Il lui manque encor deux beaux yeux ;
Eh bien, ce n'eſt pas une affaire ;
Elle n'en reſſemble que mieux
A l'Enfant qui regne à Cythere.

LÉANDRE.

  A i r : *Vous l'ordonnez, je me ferai connoître.*

Il eſt trop vrai, la Belle vous enflamme ;
Mais devez-vous compter ſur ſon retour ?
Et par quel ſens votre ſincere amour
Auroit-il pu paſſer juſqu'à ſon ame ?

CASSANDRE.

Même air.

Elle a pour moi le cœur sensible & tendre,
Et la chose est facile à concevoir :
Elle n'a pas le plaisir de me voir ;
Mais qu'est-ce auprès de celui de m'entendre ?

SCENE IV.

PIERROT & les précédens.

PIERROT.

AIR : *Pan, pan, pan.*

Sur le bruit de vos talens,
Pour vous consulter je pense,
De ce lieu des Paysans,
A la porte sont frappans.

(*Les Paysans en dehors.*)

Pan, pan,
Ouvrez-nous en diligence.
Pan, pan.

PIERROT.

Attendez quelques instans.

CASSANDRE.

AIR : *Réveillez-vous, belle endormie.*

Pierrot, fais cesser ce tapage ;
Ils sont venus mal-à-propos :
La veille de mon mariage,
Je n'ai besoin que de repos.

AIR : *Nous nous marierons Dimanche.*

Nous, pour préparer sa guérison,
Sauvons-nous chez Isabelle :

Toi, Pierrot, fais entendre raison
A cette vile sequelle.

PIERROT.

Ce groupe de gens
Indigens
Fait peine.

CASSANDRE.

Le Lundi
Ou le Vendredi,
Qu'il vienne.
Médecin vanté
N'a de charité
Que deux fois dans la semaine.

SCENE V.

PIERROT & LES PAYSANS.

PIERROT.

AIR : *De la bequille.*

IL est trop occupé
Pour pouvoir vous entendre.

LES PAYSANS.

J'ons pourtant ben frappé.

PIERROT.

Oui, mais il faut descendre.

(*Ils s'en vont tous , à l'exception d'un Paysan
& d'une Paysanne.*)

LE PAYSAN.

Est-ce que j'ons l'encoleure
D'in d'mandeux de gratis ?

Lifais fus not' figueure ,
Et n'jugeais pas l'shabits.

PIERROT.

AIR : *Un Chanoine de l'Auxerrois.*

C'eſt qu'on vient ici tous les jours
Nous endormir de beaux diſcours
  Peu ſuivis dè piſtoles ;
Et pour la gloire de notre art,
Nous ne devons point au haſard,
  Débiter nos paroles.

LE PAYSAN.

Morguoi ! v'là ben du carillon ;
  Calmais vot' colere
  A c'doux ſon.

      (*Il frappe ſur ſon gouſſet.*)

PIERROT.

  Bon , bon , bon ,
  Votre argent eſt bon ;
  Mais on eſt en affaire.

LA PAYSANNE.

AIR : *Sans dépit , ſans légéreté.*

Si vous n'daignais pas m'acouter ,
Vous m'caus'rais eun' douleur amere ,
Tous les jours pour v'nir conſulter ,
Je n'échapons pas à not' mere.

PIERROT.

AIR : *N'avez-vous pas vu Fanchette ?*

  Mais dans cet endroit , de grace ,
  La Belle , que voulez-vous ?
  Ce minois qui nous agace ,
  N'y peut venir , entre nous ,
  Que pour qu'on lui faſſe
    Les yeux doux.

(13)

LE PAYSAN.

A I R : *Du pas redoublé de l'Infanterie.*

Si vot' maît' se croit au-d'ssus de ça ,
  Baillais vous-même audience.

PIERROT.

Oh ! dans le fauteuil que voilà,
  J'ai presque sa science.

(Il s'asseoit.)

LE PAYSAN.

A vot' air j'nous sentons déja
  Remplis de confiance.

PIERROT.

Puisque c'est ainsi, touchez-là …
  Et comptez … votre chance.

(On lui donne de l'argent.)

LE PAYSAN.

A I R : *Des simples jeux de son enfance.*

Y s'agit donc de Marguerite ,
Donc j'somm' l'époux, sus vot' respect :
Oh d'ça, c'est eun' femm' qui mérite ;
Quant à l'honneur, gny a rian d'suspect.
Mais d'vant que j'l'eus' prise en minage,
Tout' les fill' m'sembloient laid' s'auprès,
Et d'puis que j'sons dans l'mariage,
All' m'semb' avoir tout' pu d'attraits.

PIERROT.

A I R : *Vaudeville des Chasseurs.*

Le cas me paroît des plus rares.

LE PAYSAN.

Aussi vos remed' s'ront-i suivis.

PIERROT.

Ami , des Charlatans ignares
Te donneroient d'autres avis ;
Mais , quant à nous , voici le nôtre :
En leur faisant un doux accueil ,
Pour les voir toutes du même œil ,
Epouse-les l'une après l'autre.　　　　*bis.*

LE PAYSAN.

AIR : *Allez-vous-en, gens de la noce.*

J'vons en demandai la permettance
Au brav' Seigneur de not' canton.
Morguai ! queu puits d'intelligence !
J' gag'rois qu' vot' Maît' n'en fait pas pu long.
Oh ! pour çà , non ,
Et j' vous répond ,
D' vous accordai la préférence ,
En fait de consultation.

SCENE VI.

PIERROT & LA PAYSANNE.

PIERROT.

AIR : *Sous un ormeau.*

LA belle Enfant ,
C'est à votre tour maintenant :
Venez franchement
Me conter de bout en bout
Tout.

LA PAYSANNE.

AIR : *Du serin qui t'a fait envie.*

J'aimons en dépit de ma mere
Colin , qui n'a que son troupiau ;
Mais all' me dit d'un air sévere

Qu'il eſt laid, moi je l'trouvons biau.
Or, j' n'ons pas tout' deux la bärlue.
Parlais, Monſieu, parlais, j' vous croi.
Qui de nous deux a bonne vue
Ou de ma mere, ou bian de moi ?

Tout au rebours all' veut que j' préfere
Un vieux Monſieux, tout couſu d'or,
All' dit qu'il eſt taillé pour plaire,
Ma fin, moi, j' n'en tomb' pas d'accord.
Or, j' n'ons pas tout' deux la barlue, &c.

PIERROT.

AIR : *Charmantes Fleurs, quittez les pres de Flore.*

De tout ceci nous concluons, ma chere,
Que vous n'avez rien à vous reprocher.
Si l'intérêt aveugle votre mere,
L'Amour auſſi, peut bien vous aveugler.

LA PAYSANNE.

AIR : *L'autre jour étant aſſis.*

Queu parti prendrai-j' t'y donc ?

PIERROT.

Vîte, allez chez un Notaire,
Epouſez-moi le barbon ;
C'eſt une excellente affaire.
  Dans ce cas ſeulement,
  Comme il faut être honnête,
Invitez poliment
Le jeune homme à la fête.

LA PAYSANNE.

AIR : *Ça que je te mette.*

Monſieux, vot' ſarvante,
J' ſomm' reconnoiſſante.
Monſieux, vot' ſarvante,
Mais j' n'ons point d'argent.

PIERROT.

Eh bien ! autrement
Il faut qu'on me contente.

LA PAYSANNE.

Monfieux, vot' farvante, &c.

PIERROT, *courant aprés elle.*

AIR : *J'ai du bon tabac.*

Un petit baifer,
Charmante poulette,
De vous acquitter,
C'eft le feul moyen.

LA PAYSANNE.

Il eft à Colin.

PIERROT.

Parbleu ! je le tien.

LA PAYSANNE.

Ah ! vous l'avais pris fans qu'on vous l' parmette :
Colin, aprés tout, me le rendra bien.

SCENE VII.

PIERROT, *feul.*

AIR : *Je fuis Carmelite, moi.*

Puisqu'il fuffit d'ordonnances légeres,
Et de tons impofans,
Pour attrapper les baifers des Bergeres
Et l'or des Payfans,
Oh ! par ma foi !
Sans être fur la lifte,
Je fuis Oculifte,
Moi,
Je fuis Oculifte.

SCENE

SCENE VIII.

PIERROT & COLOMBINE *en homme.*

COLOMBINE.

AIR : *L'avez-vous vu, mon Bien-aimé ?*

L'AMI, c'est sans doute en ces lieux
   Que le fameux Cassandre,
Par un succès miraculeux,
   Ce soir doit nous surprendre.

PIERROT.

Vous avez dit la vérité,
C'est mon Maître, sans vanité.

COLOMBINE.

   J'aurois été
   Très-enchanté
De voir comme il opere.
En fait de curiosité,
Moi, je tiens de ma mere.

PIERROT.

AIR : *Sans le savoir.*

Monsieur est amateur, je pense.

COLOMBINE.

Sans l'extrait de quelque science
Je ne puis m'endormir le soir ;
Le jour, je babille & je glose :
Dans les Cafés il me faut voir,

Là , je parle de toute chose
Sans rien savoir.

PIERROT, *à part.*

Air : *Palfambleu , Monfieur le Curè.*
Parbleu , j'ai vu.... je ne fais où....
Cette fripponne de mine :
Eh mais ! oui... Non.... Allons donc , je fuis fou.
Si , ma foi : c'eft Colombine.

COLOMBINE.

Air : *A la Ville ainfi qu'à la Cour.*
Eh bien ! puis-je obtenir de toi ?

PIERROT, *riant fous cape.*

Volontiers , Monfieur , fuivez-moi :
Mais , pour éviter une erreur ,
Comment faut-il qu'on vous préfente ?

COLOMBINE.

Quoi !...

PIERROT.

Sera-ce comme Amateur ?
Sera-ce comme Amante ?

COLOMBINE, *à part.*

Air : *Le Démon malicieux & fin.*
Pierrot eft malicieux & fin.

PIERROT.

Mon Enfant , le tour n'eft pas malin.
Ce déguifement vous embarraffe ,
Sans rien cacher à mes regards furpris.
Je découvre en vous certaine grace ;
Le fexe perce à travers les habits.

(19)

COLOMBINE.

AIR : *Il étoit un oiseau gris.*

Que dit cet impertinent ?
Eh ! mais vraiment,
Sied-il ainsi d'outrager
Un Etranger ?
Ces quolibets insensés
Sont mal placés.
Si j'en croyois mon courroux...

PIERROT.

Appaisez-vous.
Ce Tailleur est un mal-adroit ;
Il fait un surtout trop étroit.
Ah ! cachez vos charmes , car on les voit.

COLOMBINE.

AIR : *Pour une fois.*

Dans ce cas plus de mystere
Avec mon ami Pierrot.

PIERROT.

Quand on devient nécessaire
On cesse d'être un maraud :
Vite en un mot,
Comptez l'affaire
Qui vous a conduite à Chaillot.

COLOMBINE.

AIR : *Lisette est faite pour Colin.*

Je viens , sous ce déguisement,
Surprendre ici ton Maître.
Je ne devrois pas cependant
Courir après un traître ;
Mais, le sexe , sur son chemin ,
Dans ces tems de miseres

Ne rencontre, deſſous ſa main,
Que des célibataires.

PIERROT.

Air : *Il n'eſt pire eau que l'eau qui dort.*

J'excuſerois votre active tendreſſe,
Si mon cher Maître étoit dans ſon printemps.
Oh ! mais, peut-être, aimez-vous la vieilleſſe
Pour être veuve en peu de temps ?

COLOMBINE, *avec de grands geſtes outrés.*

Air : *Toujours le même.*

Fi donc, Pierrot ! quel ſentiment barbare ?
Moi, deſirer de voir finir ſes jours !
Ah ! je les chéris trop, quoique ſon cœur s'égare ;
Puiſſe le Ciel proſpere en allonger le cours,
Même aux dépens de ceux qu'il te prépare.

Air : *Tous les pas d'un diſcret amant.*

Eh ! comment ne pas conſentir
A s'attacher par l'hyménée,
Un vieillard forcé de ſortir
Plus de vingt fois dans la journée ?
On peut braver ſoir & matin,
Les traits de ſon humeur jalouſe :
Car, en épouſant un Médecin,
C'eſt la liberté qu'on épouſe.

PIERROT.

Air : *Il n'eſt point de bonne, fête ſans lendemain.*

Mais, de Monſieur Caſſandre
Que croyez-vous obtenir ?
A l'objet le plus tendre
Il eſt tout prêt de s'unir.
Quiconque ſcelle ſa flamme
Par le ſaint nœud de l'hymen,
Ne peut prendre une autre femme
Le lendemain.

COLOMBINE.

AIR : *Un Cordelier d'une riche encolure.*

A se venger mon cœur se détermine :
Ici Colombine ,
Veut avec éclat
Arracher à l'ingrat
Ce que tantôt sa science fatale
Donne à ma rivale ,
Si bien , qu'entr'eux
Deux ,
Ils n'auront que deux yeux.

PIERROT.

AIR : *Que je regrette mon amant.*
D'agir aussi cruellement
Gardez-vous bien , je vous conjure.

COLOMBINE.

Soit : mais je veux voir clairement,
Fût-ce par un trou de serrure,
Cette charmante aveugle-là ,
Sa guérison , & cétera.

PIERROT.

AIR : *Triste raison.*
Ce cabinet vous offre un sûr asyle :
A la sourdine il faut vous y glisser.
Et , s'il se peut , demeurez-y tranquille
En observant ce qui va se passer.

COLOMBINE.

Même air.

Dans cet endroit je consens à me rendre ,
Et je ressemble , hélas ! dans ma douleur,
A ces maris , qui sur eux savent prendre
D'être témoins de leur propre malheur.

SCENE IX.

PIERROT, *seul.*

Air : *Ne donnons jamais à nos femmes.*

Je suis prêt à verser des larmes,
Tout son destin me fait pitié !
Et de ses cruelles allarmes
Mon cœur éprouve la moitié.
Qu'elle a de pouvoir sur mon ame,
Puisque je trahis mon Maître ! mais
Quand il faut obliger une femme,
Pierrot ne recule jamais.   *bis.*

SCENE X.

PIERROT, CASSANDRE, LÉANDRE & ISABELLE.

ISABELLE, *un bandeau sur les yeux.*

Air : *De l'Amour quêteur.*

De plaisir, de crainte & d'amour
Tour-à-tour,
Mon ame est saisie.

CASSANDRE.

Pierrot, ferme la jalousie,
Il suffit d'un demi-jour.

LÉANDRE.

Trop d'éclat tout-d'un-coup, sans doute,
Pourroit nuire à notre dessein.

ISABELLE.

Mais donnez-moi donc la main ,   *bis.*
  Meſſieurs , je n'y vois goutte.   *bis.*

CASSANDRE.

AIR : *La lumiere la plus pure.*

La lumiere la plus pure
Brillera bientôt pour toi.
Tu me verras , je te jure ,
Auſſi-bien que je te voi.
A mon ame tranſportée ,
Permets la citation ,
Tu feras la Galathée
D'un nouveau Pygmalion.

ISABELLE.

AIR : *Comme v'la qu'eſt fait.*

J'entends raiſonner de la terre ,
  Où je ne conduis pas
    Mes pas ;
Du ſoleil qui le jour l'éclaire ;
  De la lune qui luit
    La nuit ;
Mais mon cher Amant m'intéreſſe
Encor plus que tout autre objet ,
Et , dans l'excès de ma tendreſſe ,
Je veux d'abord voir en effet
  Comme il eſt fait....   *bis.*

CASSANDRE.

AIR : *Du Vaudeville de la Clochette.*

J'admire la reconnoiſſance
Que tu me témoignes d'avance.
Agiſſons ſans plus différer :

Je ne veux plus te faire attendre,
Duſſent les curieux ſe rendre
Quand j'aurai fini d'opérer.

LÉANDRE.

Mon ami, j'entends la ſonnette.

PIERROT.

On y va. Drelin ! drelin ! drelin !

LÉANDRE.

Ne ſeroit-il pas plus honnête,
Si c'eſt du ſexe féminin,
Que nous lui préſentions la main ?   *bis.*

CASSANDRE.

AIR : *Vous avez raiſon, la Plante.*

Vous avez raiſon, Léandre ;
Et je vais ſuivre Pierrot.

ISABELLE.

Quoi ! vous me quittez, Caſſandre !

CASSANDRE.

Oh ! je reviendrai bientôt.

(*à part.*)

Dieu ! comme elle a l'ame tendre !
C'eſt la femme qu'il me faut.

*(Léandre accompagne Caſſandre juſqu'à la porte,
& revient ſur ſes pas ſans être entendu d'Iſabelle.)*

SCENE XI.

LÉANDRE & ISABELLE.

ISABELLE, *se croyant seule.*

AIR : *Vois-tu ces côteaux se noircir ?*

PLUS de soucis, plus de douleur,
Je touche au comble du bonheur.
  L'art va dissiper l'ombre ,
  Qui de son voile sombre
  Me dérobe les Cieux.
Que cet instant m'est précieux !
Quel avenir délicieux !
  Celui qui sait me plaire
  Doit ouvrir, tour-à-tour ,
  Mes yeux à la lumiere ,
  Et mon cœur à l'amour.

LÉANDRE, *à part.*

AIR : *Contre un engagement je me crus affermie.*

  Je devrois profiter
  D'un si doux tête-à-tête.
  Je devrois tout tenter ;
  Mais l'amitié m'arrête.
  Cet aveu m'embarrasse ,
  Et je ne ferai pas
  Ce qu'un autre à ma place
  Feroit en pareil cas.

ISABELLE.

AIR : *Babet, que t'es gentille.*

Cassandre est de retour ,
Je l'entends qui soupire.

LÉANDRE, *à part.*

Caffandre ! oh ! le bon tour !
N'allons pas la dédire ;
   Ici, fans témoins ,
   Profitons du moins
De cette erreur complette.

   (*Il contrefait la voix de Caffandre.*)
Oui, c'eft moi, mon aimable Enfant ;
Jamais près de toi, franchement,
Je ne vole auffi promptement
   Que mon cœur le fouhaite....   *bis.*

ISABELLE.

   A I R : *Guillot un jour trouva Lifette.*
Où font donc ces gens d'importance
Que vous avez dû recevoir ?

LÉANDRE, *d'abord un peu embarraffé de la queftion.*

Là-bas , avant que je commence ,
Sans doute on les a fait affeoir....
Ce Léandre par fa préfence ,
Dans les bornes de la prudence ,
A tantôt fu me contenir.
Pour m'en venger , donne d'avance
La main qui doit m'appartenir.   *bis.*

ISABELLE.
Même air.

Caffandre , je vous l'abandonne :
Prêt à former un doux lien ,
Un tendre Amant , fans qu'on s'étonne ,
Peut anticiper fur fon bien.

LÉANDRE.
Si j'ofois ! mais non , j'appréhende.

Cette faveur eſt par trop grande ;
Laiſſe-moi te prendre un baiſer.

ISABELLE.

'Ah ! mon ami, quelle demande !
Je ne puis te le refuſer.   *bis.*

AIR : *Zirphile, je voudrois la voir.*

Caſſandre !...

LÉANDRE.

Quel raviſſement ! (*Caſſandre entre.*)

ISABELLE.

Mon cher Caſſandre ! quel moment charmant !

CASSANDRE.

J'admire
Le preſſentiment
Qui lui fait dire
Que j'entre à préſent.

SCENE XII.

LÉANDRE, ISABELLE, CASSANDRE ,
PIERROT, Troupe de Curieux.

PIERROT, *aux Curieux.*

AIR : *Jupin dès le matin.*

Messieurs, ſans balancer,
Entrez vous placer ;
Nous allons commencer.
Ah ! combien
De monde il nous vient !

Je m'en doutois bien ,
Car il n'en coûte rien.

(*aux hommes.*)

Par-là fi je vous mets ,
C'eſt tout exprès.
Voifinage d'attraits
Rend trop diſtraits ;
Derriere ces bonnets
A grands plumets
D'ailleurs, Meſſieurs , moi , je vous plaindrois.
Mais , fur-tout fi c'eſt beau ,
Criez , bravo.
Point de prévention ,
Attention ;
Dans l'opération ,
Mon Maître n'a jamais été long.

CASSANDRE , *aux Curieux.*

AIR: *Not' Demoifelle a dit oui.*

Vous croyez qu'à fon fujet
La gloire m'enflamme.   *bis.*
Mais , fachez que mon projet
Eſt de mériter la main de cet objet.

LES CURIEUX.

Je lui laifferois fon bandeau ,
Si c'étoit ma femme :   *bis.*
Je lui laifferois fon bandeau ;
Femme clairvoyante eſt fouvent un fardeau.

CASSANDRE.

AIR: *Le premier du mois de Janvier.*

Morbleu ! fongez donc à quel point
Une Belle qui n'y voit point
Peut fe méprendre , quoique fage ;

Il eſt plus prudent, voyez-vous,
Que femme apporte à ſon époux
Un œil ou deux en mariage.

AIR : *Je ne ſais pas ce que je ſens.*

Amour, Amour, c'eſt à préſent,
Qu'il faut ſignaler ta puiſſance :
Cede à nos vœux, Dieu bienfaiſant ;

(les Curieux & lui.)

Viens, augmente encor $\begin{cases} \text{ſa} \\ \text{ma} \end{cases}$ ſcience.

(Caſſandre mettant ſes lunettes.)

Daigne auſſi, dans ces doux travaux,
Me ſeconder, mon cher Eleve.

LÉANDRE.

Que j'entrevois d'attraits nouveaux,
Sous ce bandeau que je ſouleve !

LES CURIEUX.

Eh bien ! eh bien !

CASSANDRE.

Tout eſt fini, je croi,
Regardez-moi,
Belle
Iſabelle.

ISABELLE.

AIR : *Ah ! mon Dieu, que je l'échappai belle !*

Ah ! grand Dieu, quelle horrible figure !
(à Léandre.)
Caſſandre, en vos bras, recevez-moi, je vous conjure ;
Faut-il que dans cette conjonĉture

Cet homme odieux
Prenne
L'étrenne
De mes yeux ?

CASSANDRE.

AIR : *Si j'en juge d'après mon cœur.*

Oh Ciel ! aurois-je dû m'attendre
A subir un pareil affront ?
Elle me paroissoit si tendre :

(*à Léandre.*)

Mon ami, détrompez-la donc.

LÉANDRE.

La belle Enfant, je suis Léandre,
Et voilà votre bienfaiteur.

ISABELLE.

Oh ! nenni, vous êtes Cassandre,
Si j'en juge d'après mon cœur.　　　　*bis.*

CASSANDRE.

Même air.

Mais tu répondois à ma flamme.

ISABELLE.

Une aveugle a droit de rêver.
Je tiens aux traits que dans mon ame
L'Amour même avoit su graver.
Je ne les trouve qu'en Léandre ;
A lui je m'unis désormais,
Et vous pouvez, Monsieur Cassandre,
Lui dire à quel point je l'aimois.　　　　*bis.*

LÉANDRE.

AIR: *Nous autres bons Villageois.*

Le deftin m'a fecondé :
Je t'adorois à la fourdine.

CASSANDRE.

Je fens mon cœur poignardé.

PIERROT, *à part.*

Bonne affaire pour Colombine.

LES CURIEUX, *en faluant Caffandre.*

Pour nous, vous nous avez montré
Le talent le plus avéré.

CASSANDRE, *impatient.*

Et non, Meffieurs, en vérité,
Vous avez bien de la bonté.

SCENE XIII ET DERNIERE.

COLOMBINE & les précédens.

COLOMBINE, *fortant du cabinet l'épée à la main.*

AIR: *Lubin a la préférence.*

RANGEZ-VOUS que j'extermine
  Ce vieillard infolent,
  Parjure à fon ferment,
  Qui de ma fœur Colombine
Oublia qu'il étoit l'amant.

CASSANDRE, *courant de côté & d'autre.*

Amis, fauvez-moi, je tremble.
Les malheurs m'accablent tous enfemble.

(32)

COLOMBINE, *en garde.*

Ventrebleu !

CASSANDRE, *à genoux.*

Mon Dieu !

COLOMBINE.

Ah ! vous mourrez !

CASSANDRE.

Je l'épouse quand vous voudrez.

COLOMBINE, *ôtant son chapeau.*

Ah ! puisqu'il en est ainsi ,
Vous n'irez pas loin : la voici.

CASSANDRE, *se relevant.*

Parbleu ! la réplique
Est unique :
Donnons-nous la main ;
Trêve au chagrin ,
Qu'un double hymen
Nous unisse demain.

Air : *de l'Angloise de la Reine.*

Aux vœux
Langoureux
D'un vieux ,
Quand un aveugle tendron
Répond ,
Il doit, d'après cette leçon ,
Laisser ses yeux tels qu'ils sont.

COLOMBINE.

Dans le dessein de me venger ,
Je venois te dévisager ;

Mais ,

Mais, je veux, frippon,
Pour ton pardon,
Laiffer tes yeux tels qu'ils font.

LÉANDRE & ISABELLE.

Pour nous, qu'en ce jour
L'Amour,
Joint par un engagement
Charmant,
Puiffe à jamais notre union,
Laiffer nos yeux tels qu'ils font !

PIERROT, *au Public.*

Un Auteur,
Dans fa vive ardeur,
Voit en beau
Son Drame nouveau.
Rarement il apperçoit
Un endroit
Mal-adroit,
Ou froid :
Meffieurs, dans ce cas,
Tout bas,
Plaignez un aveuglement
Si grand ;
Et, pour fa confolation,
Laiffez fes yeux tels qu'ils font.

F I N.

APPROBATION.

J'AI lu par ordre de Monsieur le Lieutenant Général de Police, *Cassandre Oculiste, Comédie - Parade ;* & je n'y ai rien trouvé qui m'ait paru devoir en empêcher l'impression. A Paris le 28 Avril 1780.

Signé, SUARD.

Vu l'Approbation; permis d'imprimer. A Paris, se 28 *Avril* 1780.   *Signé,* LE NOIR.

De l'Imprimerie de CHARDON, rue Galande. 1780.